HÁLITO DE BÚFALA

PÉRICLES
PRADE

HÁLITO DE BÚFALA

Crimes insólitos

HÁLITO DE BÚFALA

AUTOR: Péricles Prade

DIRETOR DA ALMEDINA BRASIL
Rodrigo Mentz

EDITOR DE CIÊNCIAS SOCIAIS E HUMANAS E LITERATURA
Marco Pace

ASSISTENTES EDITORIAIS
Isabela Leite e Larissa Nogueira

ESTAGIÁRIA DE PRODUÇÃO
Laura Roberti

REVISÃO
Equipe da Daboit Textos

IMAGEM DA CAPA
Dieterich/Pixabay

DIAGRAMAÇÃO E CAPA
Officio

ISBN: 7865870178600
Dezembro, 2022

Dados Internacionais de Catalogação na Publicação (CIP)
(Câmara Brasileira do Livro, SP, Brasil)

Prade, Péricles
Hálito de búfala : crimes insólitos / Péricles Prade. --
São Paulo, SP : Minotauro, 2022.

ISBN 978-65-87017-86-0

1. Contos brasileiros 2. Suspense - Ficção
I. Título.

22-128463 CDD-B869.3

Índices para catálogo sistemático:
1. Contos : Literatura brasileira B869.3
Eliete Marques da Silva - Bibliotecária - CRB-8/9380

Este livro segue as regras do novo Acordo Ortográfico da Língua Portuguesa (1990).

EDITORA: Almedina Brasil
Rua José Maria Lisboa, 860, Conj.131 e 132, Jardim Paulista | 01423-001 São Paulo | Brasil
www.almedina.com.br

Eppur si muove

É com habilidade e gênio que Péricles Prade abraça um gênero literário pouco trabalhado no Brasil, que chamo de evanescente. Todorov emprega esse termo. São crimes insólitos, extravagantes, situações estranhas, fantasmagóricas, humor negro às vezes, sempre com uma autoderrisão do narrador. A narrativa seduz o leitor da primeira à última página deste *Hálito de Búfala*. Já no primeiro conto, "Extrema-unção", com poções mágicas, pedidos ao feiticeiro para a reconquista da amada perdida e a morte do rival via elixires milagrosos, o epílogo deixa o leitor desconcertado. Um pulo da janela e o vazio acenam e advertem para a percepção de um outro real. O narrador nos encaminha para compreensão diferente do cotidiano conhecido e nos obriga e captar que o real observado é uma construção. Há outras maneiras de ver o mundo. Aliás, a arte é justamente isso. Ela não tem tal tipo de compromisso. Por isso *Hálito de Búfala* é um criativo e fino emaranhado de perplexidades do personagem, do narrador e do leitor.

No conto que dá nome à coletânea, a mozarela tão familiar ao personagem se transforma, num estilo jocoso e sarcástico, em cena final de náusea, repugnância e morte. O gosto e o perfume delicioso da mozarela de uma região da Itália, o tal zombeteiro hálito de búfala, se transforma, na competição culinária desenfreada dos dois personagens, em armadilha escatológica. E em assassinato. Esse tom insólito vai acompanhar o leitor em toda a coletânea.

Essa ambiguidade e duplicidade perceptiva da narrativa está particularmente explícita no conto "Como os olhos da noite", onde, no primeiro parágrafo, vem citada a capa de um livro lido pelo personagem. Há nela um homem-morcego. Morcego é bicho da terra ou dos ares? O tema do conto é a ubiquidade. Duplos fenômenos, personagens que se metamorfoseiam.

O absoluto domínio da técnica da escritura e da literariedade levam Péricles Prade a figurar entre os grandes autores brasileiros contemporâneos. Mais do que contar uma história, bem mais, o autor da obra constrói um universo estranho, fantasmagórico, fora do tempo e da história, um claro-obscuro que obriga o leitor maravilhado – é o caso de empregar o adjetivo – a mergulhar no destino, no Fado ignoto. Só a arte o conhece.

O viés irônico mobilia o livro. Claro, a ironia tem por precípua função a ruptura com os modelos de percepção mais correntes. Vai se chocar contra um enredo coerente e uma realidade unificada. Péricles propõe distâncias e tensões semânticas. Distâncias em relação a um referencial do dia a dia e tensões em relação ao leitor obrigado a rever suas verdades e o seu real. E tensão desse ledor ao imaginar sabe-se lá Deus o que vem pela frente! Por exemplo, no conto "Desmanchando-se aos poucos", o quase assassino do personagem Jardel é, no último momento, surpreendido por uma arma prosaica sugerida pelo sábio mitólogo. Sugiro ao leitor ir lá conferir. Ele, leitor, que aprenderá desde as primeiras páginas a se angustiar à espera de um final funesto e trágico – crime ele já sabe que haverá. Esse pressentimento e essa expectativa levam o legente enfeitiçado a ficar grudado nos contos até o fim. Astúcias romanescas dos grandes artistas. O delicioso "Depilador de axilas", conto narrado com humor trocista e mordaz, não raro pilhérico - o depilador depila vulvas, virilhas e *tutti quanti* -, termina com surpreendentes desejos incestuosos. Sim, porque o autor do livro não se furta a desenhar tons realistas ou psicanalistas sobre registros fantásticos. Não fica de fora no *Hálito de Búfala* o afresco social pintado com acuidade. Impossível aqui elencar todos os contos da obra. Com certeza o leitor se perguntará por que esse tal, "o meu preferido", o autor deste prefácio não citou. Pois é, todos são excelentes. A você, leitor, de escolher o seu.

Extraem-se do livro lições. Não lições de moral, de vida. A cada um de se apropriar da lição que mais lhe convém ou deixa desconfortável. Péricles Prade se serve de Santa Catarina – seus espaços, cidades e logradouros vêm fartamente citados nos contos – como metonímia do Brasil. As referências a lugares reais passam a impressão de segurança, de pé no chão no real. Só que o chão se move! Pela capacidade de alcançar e absorver as ambiguidades e as contradições do leitor imerso em diferentes meios sociais e cenários variados, *Hálito de Búfala* cinge a condição humana em geral.

Godofredo de Oliveira Neto

Sumário

Extrema-unção

Pierre Legrand havia mergulhado nos mistérios da magia mimética. Para o conhecimento profundo de suas leis, passou décadas estudando ritos, tanto o do Antigo Egito, quanto o lunar de Bornéu, com o objetivo de tornar-se respeitado feiticeiro.

Quando se achou preparado, começou, no quintal da choupana, a enterrar unhas, cabelos, excrementos, catarro, saliva, esperma, sangue e outras matérias. Enfim, tudo o que se desprendia do corpo. Trabalho que, com o tempo, se tornou hábito agradável.

Chegou o momento de, no centro da Vila, levantar uma tenda. Passados sete dias, apareceu o primeiro cliente. Chamava-se Fortunato. Queria seduzir a mulher que o desprezava, e afastar o outro pretendente do caminho. Pierre, concentrando-se, pediu, além dos nomes e peças de roupas, informação sobre as qualidades e os defeitos dos envolvidos.

Disse-lhe que a solução é a morte do rival Adriano. Para matá-lo, precisaria da poeira das ruas onde ele costuma andar, e agir sobre a sua sombra. A poeira, para lançá-la ao fogo. A sombra, para pisá-la, traçar figuras maléficas e apunhalá-la. E faria a efígie dele, atando-a com nós. Cuspiria nela, presa num poste, afligindo-lhe com agulhadas nos olhos, umbigo e coração.

— E o amor de Sílvia?

Parou um instante, distraído com a interrupção, e respondeu com segurança:

— Tenho à disposição um rol de encantos. Separei pedaços de cérebros de gazela e de lebre para misturá-los com a gordura de cauda de carneiro, derretê-los e ajustá-los na cânfora. Não esquecerei, na figura escavada de cera fresca, de fazer a boca e nela derramar o cozimento.

Não pôde continuar, pois Fortunato impediu sua fala de modo grosseiro.

— Pouco me importa como e o que vai fazer. Quero os resultados com urgência.

Pierre ressaltou que o bom feitiço leva alguns dias para ser eficaz. Alertou-o que, se houver precipitações, o desejo não se realiza. Fortunato fez de conta que não ouviu. Deixou sobre a mesa trinta moedas de ouro e saiu sem estender a mão.

Reapareceu no sétimo dia, aos gritos, dizendo que Sílvia não lhe dá atenção, e o rival, de tão alegre, está com cara de idiota.

— Tenha paciência.

— Paciência? Quero as moedas de volta. Vou procurar quem fale menos e aja mais.

Pierre, que havia gasto quase todas, suplicou:

— Por favor, preciso de mais tempo.

— Uma semana, sem desculpas.

Leu e releu alfarrábios até de madrugada. Não encontrou a fórmula correta. Pondo o orgulho de lado, procurou o afamado Reynaldo Villanova. Feita a consulta, mudou de estratégia, seguindo as orientações do mestre.

Substituiu o boneco por um pacote de imundícies, jogando-o no mar. Colocou, em fila egípcia, as estatuetas de hipopótamos, esculpidas em cera de abelha, trespassadas por facas de sílex. Sobre elas lançou farinha sagrada, misturada com ovos podres, lagartos esmagados e pregos de navios naufragados. Por último, invocou os poderes do corvo marinho, da cobra d´água e de Príapo, despejando o arsenal de poções no rio pleno de crocodilos ferozes.

Sabia que, para Fortunato, a morte de Adriano não seria suficiente. O importante é a conquista da moça. Para tanto, precisaria convencê-la. Apanhou os bastões de essência hindu, e pôs sobre as cadeiras de palha as velas desodorantes e o vaporizador. Cheirou o perfume "Odor de Fêmea" e o espargiu sobre a boceta de borracha o frasco de almíscar natural.

Continuando a operação, esmagou e secou coração de rolinha, rim de cabra, fígado e útero de andorinha. Juntando-os, cozinhou o bolo com açafrão.

Preocupado, reforçou a receita. Havia comprado, no Sul da Espanha, extraordinária substância (cantaridina), encontrada em moscas de ouro. Decidiu fazer uso do pó, obtido de pasta seca, associando-o à raiz de mandrágora, nascida do esperma de enforcado, considerada o melhor dos afrodisíacos pelo Imperador Juliano e até pelos elefantes. Santa Hildegarda de Bingen, no século XII, disse que o diabo se faz presente nessa erva. A mistura de ambas enfiou numa garrafinha. Para completar, agregou doze testículos de galo.

Confiante, foi ao encontro de Sílvia. Esperou que a jovem saísse de casa. Assim que ela virou a esquina, colocou por trás, sobre as suas narinas, pressionando, um pano com clorofórmio. Em seguida, forçou-a, no chão, a engolir a beberagem, colocando, ainda quente, o bolo de açafrão sobre a barriga nua.

Fortunato, no dia seguinte, sem fazer-se anunciar, entrou apressado na tenda. Pierre, eufórico, quis abraçá-lo, mas foi empurrado com violência.

— O que houve?

— O que houve? O cretino não morreu, e Silvia virou prostituta.

Frustrado, Pierre devolveu as moedas que sobraram. Comprometeu-se a pagar o saldo da dívida, fechou a tenda, abandonou o bairro e ingressou no Convento dos Irmãos Pequeninos. De lá, onde permaneceu quinze anos, saiu ordenado para propagar os ensinamentos do Cristo.

Os pobres fradinhos desconheciam que outra era a finalidade da conversão. Não se recolheu para aprender a bíblia e divulgá-la ao mundo profano. Pretendia descobrir os segredos da preparação da hóstia, do vinho e dos mais terríveis venenos de que se tem notícia, especialidades dessa Ordem religiosa.

Na verdade, quis, escondido, dedicar parte de sua vida para premeditar o assassinato de Reynaldo Villanova — sobrinho do magnífico filósofo-ocultista catalão Arnaldus de Villanova — que o enganou, quando foi consultado, prestando-lhe informações erradas sobre feitiços.

Abandonou o convento, passou a usar peruca branca e bigode postiço. Dirigiu-se à paróquia da cidade onde Reynaldo morava. Sabendo que ele ia a Igreja, todos os domingos, pediu ao Padre Miguel, humildemente, ser o seu assistente. Se ele aceitasse, teria a felicidade de rezar missas e fazer o primeiro sermão. Devido à insistência, acatou o pedido, até porque a sua mãe estava doente, considerando milagre do bondoso Deus a oportunidade de visitá-la durante um mês.

Assim que o Padre viajou, trancou-se na eucaristia e preparou, com fervor e técnica, quatro hóstias envenenadas. Em cada domingo, na hora da comunhão, punha uma hóstia sobre a língua de quem o enganou. A última completou o ciclo fatal.

Ficou na sacristia, ansioso, à espera do chamado.

Madrugada. Dois filhos de Reynaldo, aflitos, bateram na porta lateral da Igreja.

— Nosso pai está muito mal.

— Esperem um pouco. Vou me arrumar.

Mentira. Ele já estava vestido, há tempo, com todos os instrumentos separados sobre a mesa.

Ao chegar, postou-se ao lado direito da cama. Exigiu a retirada dos familiares, dizendo que, antes da extrema-unção, tentaria a confissão de seus pecados.

Retiraram-se.

Rápido, fechou a porta do quarto.

— Gostou do sabor das hóstias?

Com visível esforço, Reynaldo Villanova abriu os olhos e viu Pierre Legrand, sorridente, arrancar a peruca, o bigode, a batina e pular a janela num amém.

Hálito de búfala

Sou viciado em mozarela. Não passo um dia sem comê-la, principalmente a colocada nas pizzas. Tanto nas baixas, quanto nas altas. Para satisfazer o incontrolável apetite, frequento a pizzaria mais próxima do meu apartamento.

Ontem, ao nela entrar, por volta das 21 horas, seu dono, Massimo Cornacchia, bateu de leve na minha bochecha direita, como sempre faz. Transbordando afeto, disse com aquele vozeirão de tenor aposentado:

— Amigo, vou apresentar um velho conhecido que, tenho certeza, vais gostar muito. Espera aqui.

Massimo demorou. Imaginei que a figura tivesse saído, ou, então, que se recusava a me conhecer.

— Salvatore, este é Ferruccio Mezzanotte, um legítimo napolitano. Vive em Montragone, cidade onde se produz, é o que ele diz e asseguram os fabricantes caseiros, a melhor mozarela do mundo.

Ele não esperou que eu estendesse a mão. Tomou a iniciativa, dando-me dois beijos, um em cada lado do rosto. Para quebrar a formalidade, pois eu não fui cordial, Massimo, receoso e hesitante, continuou:

— Ferruccio é outro viciado em mozarela. É o homem certo para falar sobre a origem, a produção, as propriedades e o seu sabor.

— Não tenho interesse. Sei tudo sobre queijos. Prefiro ficar sentado e comer a pizza quente.

— Duvido!

— Duvida?

— Duvido. Como é possível saber mais que um nativo, mondragonense da gema, nascido onde ela é preparada?

— E daí? Já estive em Mondragone, trabalhando. Primeiro, num açougue. Depois, numa fábrica de laticínios.

— Desconhecia esse fato!

— Não há razão alguma para eu andar pelo mundo, revelando conhecimentos e habilidades.

Ferruccio, que ouvia o diálogo com atenção, resolveu intervir:

— Não quero ser o responsável pela discórdia. Acho que a melhor maneira, para pôr fim nessa história, é saber se, realmente, Salvatore garante o que diz. Faço um desafio.

Fiquei aborrecido. Engoli o insulto. Massimo tinha a melhor das intenções.

— Jamais me passou pela cabeça participar de um duelo.

— Duelo? Não sabe o que é duelo. Sou considerado imbatível atirador de pistola. Se aceitasse o desafio, seria crueldade de minha parte. Não pretendo matá-lo, apenas testá-lo.

— Falei em sentido figurado, mas aceito qualquer desafio.

Massimo empalideceu.

— Sangue, aqui, não. Se querem briga, saiam os dois!

— "Calma", dissemos ao mesmo tempo.

Eu e Ferruccio baixamos o tom. Concordamos que não era o momento para exibir valentia. Deixei passar alguns segundos e o provoquei de outro modo.

— O que quer saber sobre mozarela?

— Diga-me, primeiro, se conhece mozarela que não seja de Mondragone.

— A de Aversa e a de Battipaglia.

Percebi que ele titubeou. Não esperava a resposta certa. Pensou um pouco, e voltou à carga.

— Qual é o sabor da mozarela de Battipaglia?

— É o do leve ao doce.

Ferruccio recuou um passo, olhando-me como se estivesse diante de um jogador de pôquer. "Não é possível", devia estar pensando.

— E o sabor da mozarela de Aversa?

— Salgado e consistente.

Nessa altura, tentou disfarçar a raiva.

— *Cazzo*, diga-me qual é a melhor prova de qualidade da mozarela mondragonense?

— Qualquer camponês napolitano sabe.

Sorriu com deboche, imaginando-me indeciso.

— Isso é vago, muito vago.

Só para provocá-lo, disse em italiano típico da região.

— Já ouviu falar em *o ciato e bbufala?*

Ferruccio, cuja cara é avermelhada, perdeu a cor que a distinguia.

O *ciato e bbufala* quer dizer *um hálito de búfala.* Para ser considerada boa, a mozarela deve deixar, na boca, esse gosto final. Inconformado, o legítimo napolitano abandonou a pizzaria.

Problema maior ocorreu na segunda-feira. Passei a receber recados. O mais grave dizia que eu seria morto, com um tiro na nuca, se me atrevesse a comer mozarela. No começo, não levei a sério as ameaças.

Preocupado, quis tirar a prova dos nove. Fui à trattoria do Massimo, na hora costumeira. Sentei de costas para a parede e pedi a maior pizza da casa.

Quando coloquei o primeiro pedaço na boca (o garfo ainda se encontrava na perpendicular) vi

Ferruccio, com a mão esquerda no bolso (dizem os entendidos que os canhotos são os melhores pistoleiros) do paletó, entrando pela porta dos fundos.

— *Disgraziato*, não se humilha um napolitano.

O erro dele foi ter gritado.

Mal tive tempo de me jogar no chão. A saraivada de balas, zumbindo sobre a cabeça, deixou-me nervoso. Nem por isso perdi a noção do tempo e do espaço. Corri em direção da janela mais próxima, quebrando o vidro com salto perfeito.

Furioso, de fora o insultei a mil pulmões:

— Idiota, não era na nuca que daria o tiro?

Deixei de frequentar a cantina durante seis meses. Como escapei dos tiros, supus que, não mais comendo pizza de mozarela nesse período, Ferruccio sossegaria.

Quando Massimo pediu que eu fosse até a sua casa para mostrar um álbum de postais antigos (minha segunda paixão), recém-comprado, o sinal soou forte. Lembrei-me da lição de meu cunhado Tarantino: a forma ideal para matar um desafeto é contratar o melhor amigo do futuro morto, pagando-lhe, antecipadamente, metade do valor combinado. Nesses casos, a confiança no resultado, acompanhada pelo silêncio posterior, é absoluta.

Sábado foi o dia do encontro. Cheguei na casa de Massimo com antecedência. Ele estava dormindo. Entrei, pelos fundos, fiz o que deveria ser feito, dei a volta e, no horário marcado, bati três vezes no botão da campainha, como havíamos combinado.

— Salvatore?

— Sim.

— Abra a porta!

— Só entro se o dono abrir.

— Estou indo.

Abriu-a com rapidez incomum, revelando a insegurança de quem tem algo a esconder.

— Estou curioso para ver os postais.

Ao assim falar, acredito tê-lo relaxado. Ainda não havíamos atingido a sala, ele me convidou para ir ao seu pequeno escritório, onde guardara o álbum.

Ao entrarmos no gabinete, apontou os olhos e o dedo indicador para a cadeira de couro negro:

— Sente-se.

Sentei. Encostou o revólver no meu ouvido esquerdo e pressionou o gatilho duas vezes.

— As balas estão no meu bolso. Não devia, Massimo, dormir antes da hora. Vou te ensinar, preste atenção, como se faz a coisa certa.

Acovardado, esparramou-se no sofá.

— Diga, amigo, onde mora o filho da puta que te contratou?

Gaguejando, contou tudo. Bastou o pescoço quebrado para mandá-lo direto ao inferno. Puxei-o pelas pernas até o seu automóvel, jogando-o no banco traseiro. Entrei no carro, e rumei ao endereço indicado.

Ferruccio estava no cais, na frente do barco, em pé, alegre e confiante, com os dois braços abertos.

Saí do carro com a arma na mão. Como não o acertei, ele corria em zigue-zague, tive de agarrá-lo de outro modo. Sou atleta. Foi fácil alcançá-lo. É gordo, movimentava-se com dificuldade.

— Vamos fazer belo passeio. E com cuidado. Muito cuidado. Se desobedecer, estouro teus miolos.

A viagem durou pouco, o tempo necessário para ir à chácara, onde passo o final de semana.

Ordenei-lhe que retirasse Massimo do veículo e o colocasse no carrinho de mão.

— Empurre. Mostrarei o lugar.

Bufando como um porco, Ferruccio pôs as mãos no rosto, e disse com reconhecível sotaque.

— *Dio mio*, o que é isso no buraco?

— Mozarela, uma tonelada de mozarela.

Ajoelhado, disse que tudo era brincadeira. Queria me assustar, Massimo não entendeu direito. Tem dinheiro para resolver qualquer problema. Enfim, disse aquelas bobagens que os covardes falam na hora da morte.

— Cala a boca, puxa o carrinho e jogue logo esse imbecil na fossa. Quero vê-lo afundar como pedra em areia movediça.

Demorou, tentando ganhar tempo.

— Entre no buraco.

Sem dizer palavra, cumpriu a ordem.

— Agora é meu o teste. O Massimo por testemunha. Se pretende viver, responda corretamente. Qual é a origem da mozarela em que está atolado até o pescoço.

— É de Mondragone.

— E o sabor?

— O inconfundível hálito de búfala.

A felicidade durou pouco.

— Errado! A mozarela é de Battipaglia, cidade onde nasci, e o hálito não é de búfala. É de mijo. Mijo de Salvatore Miraglia.

Único tiro. Na testa. Jamais erraria de tão perto.

A verdade é que, além de eu não ter mijado, o hálito era de búfala, espécie de perfume singular que atrai os bem-aventurados da arte culinária, e continua a excitar, fora do aquário de mozarela onde esses estranhos peixes graúdos residem no fundo, o meu extraordinário e invejável faro.

Tristeza

Como na cidade corre o boato de que pretendo me suicidar, devido à falência de três empresas, na quinta-feira passada fui procurado pelo neurologista Jonas Boulevard, considerado por toda comunidade científica do País um médico sem escrúpulos. Consta que, para justificar suas teorias, se utiliza de métodos desprezíveis, se necessários à finalidade das pesquisas.

Ele me informou, já no primeiro encontro, o objetivo da inesperada visita. Lembro-me de tudo, nos mínimos detalhes.

Com voz rouca jorrou palavras sem sentido, bem perto de meu rosto. Ríspido, disse-lhe que, se não falasse pausadamente, seria impossível entendê-lo.

— Peço desculpas. É a ansiedade.

— O quê pretende nesta hora da manhã?

O cientista, agora falando devagar, respondeu que tinha excelente proposta a fazer.

Fiquei na expectativa.

— Há trinta anos estudo a capacidade de compreensão do cérebro humano, no momento da morte. Acompanhava os doentes terminais em vários hospitais, ou em suas casas, para obter informações, mas houve denúncias e o Conselho de Medicina cassou minha carteira. Passei, então, a desenvolver a atividade noutros lugares.

Interrompi, irritado:

— Não me interessa!

— Ao contrário. É do seu interesse, precisa me ouvir.

— Dois minutos.

— Até hoje ninguém sabe (parece que Lavoisier andou fazendo uma experiência e não deu certo) se quem tem a cabeça decapitada possui, ou não, consciência do que passa ao seu redor (pelo menos durante alguns segundos), após o corte da lâmina no pescoço. Concentro-me na busca dessa resposta. Nada mais faço. É uma obsessão.

— E daí?

— Necessito de sua ajuda.

— Ajuda?

— Comprei uma guilhotina em boas condições, no antiquário de um amigo russo. Usada uma vez por mês, o resultado não é satisfatório. Os que tiveram as cabeças cortadas não me deram qualquer informação. Somente queria que, olhando para mim, no ato da decapitação piscassem um dos olhos, caso tivesse algum pensamento.

Fiquei horrorizado. Não deixei que terminasse a frase. Abri a porta, puxei-o pelos braços e, aos berros, joguei-o no corredor.

— Poderia ganhar uma fortuna, se me ouvisse até o fim.

Ainda estatelado no chão, retirou da carteira um cartão, colocando-o perto do vaso de flores.

— Se precisar, leia o endereço e o número do telefone.

Dei meia-volta. Indignado, retornei ao escritório.

Ao meio-dia, ligou-me o advogado Cláudio Frazão para comunicar que eu fui declarado insolvente.

Fiquei horas a fio, confuso, sentado na cadeira. Ao me levantar, abri a gaveta esquerda da escrivaninha. Retirei o revólver. No ato, lembrei-me do cartão.

— É o Dr. Jonas?

— Aguardava o seu telefonema.

— Precisamos conversar.

— Quando?

— Agora.

Desliguei e pensei: o melhor é ouvir a proposta, aceitá-la, pagar as dívidas e deixar bem a família.

Cheguei rápido. Creio que não passou de meia hora.

Três batidas.

Entrei e não sentei de imediato. Olhei para os lados, com insistência, como se tivesse receio da presença de alguém, filmagens ou gravações. Sem rodeios, disse:

— O quê pretende?

— Pago-lhe, em dinheiro vivo, todo o valor das dívidas. Mas quero sua cabeça.

— Minha cabeça?

— Sim. Para colocá-la na guilhotina, no momento certo e esperar a descida da lâmina. Ao ser decapitado, ficarei em frente e farei o mínimo de perguntas. Se a resposta for negativa, pisque o olho esquerdo. Se a resposta for positiva, quero que pisque o olho direito. Anotarei, cronometrado, o tempo entre o corte e a morte.

Havia, reconheço, alguma lógica nessas científicas exigências.

— Quanto, realmente, me paga para vendê-la?

— O valor de suas dívidas.

— Assim, os credores serão pagos e a família ficará na miséria.

— Dobro. Dobro a proposta. É pegar ou largar.

— Aceito, se o dinheiro for entregue antes.

— Não confio. Recebe, desiste de morrer, dá no pé e eu fico no prejuízo.

— Cumpro o que prometo. Entregarei no momento em que a cabeça estiver na guilhotina.

— Entregá-lo a um cadáver? Pode nos acompanhar uma pessoa de sua absoluta confiança.

— Minha mulher. Marque o dia e a hora.

Expliquei à Gilda o que estava acontecendo. Como sempre, demonstrou amorosa solidariedade.

Fomos, os três, para o lugar determinado.

Ela encarregou-se de contar o dinheiro. Percebi certa displicência na contagem, como se já soubesse que o valor era correto.

Coloquei a cabeça na guilhotina. Com suor e lágrimas, olhei para o grande amor de minha vida, soprando-lhe um beijo.

Quando o Dr. Jonas, com ternura, disse "Pu, você não fechou a mala direito", descobri tudo. Eram amantes. Descobri porque Gilda, desde a lua de mel, na véspera do orgasmo, suplicava para chamá-la puta, putinha ou "pu".

Não tive tempo de retirar a cabeça. A lâmina, veloz, caiu com precisão.

Eu os vi, garanto que os vi se abraçando. Fiquei à espera das perguntas. Queria, como vingança, não piscar, mesmo se entendesse tudo. Em vão. O miserável nada me perguntou.

Notei, bem próximo das árvores, os dois, felizes, pondo o volume de dinheiro no bagageiro do automóvel dele. O que mais me deixou triste, digo do fundo do coração, foi o fato de não olharem para trás.

Desmanchando-se aos poucos

Glênio Basil, imigrante do Congo Central, não era benquisto no bairro. Bem por isso, forçava simpatia, oferecendo-se para curar feridas antigas, sua especialidade desde a adolescência.

Tinha um suor insuportável. Também o sintia, tanto que, várias vezes durante o dia, esfregava ervas aromáticas nas axilas.

Os vizinhos diziam aos filhos que ele tinha nascido de um ovo de galo velho, chocado por rã ou sapa dentro do esterco. Seria este o motivo do extraordinário odor. Mentira da grossa, pois as pessoas cultas sabem que tudo isso é milenária lenda, recontada pelos nossos avós.

Os habitantes toleravam o cheiro, mas ninguém o queria por perto. Razões não faltavam: se ele passasse em frente de um jardim, e olhasse as flores, murchariam; se pusesse os olhos sobre os animais, em especial os porquinhos da índia, definhariam e morreriam. Daí o medo constante de sua aproximação.

Esses eventos eram frequentes e não se tinha notícia de que lhe faltassem o respeito. Todavia, no dia de seu aniversário, ficou furioso com os convidados que não compareceram à festa.

A partir desse acontecimento, tudo mudou. Só com o olhar, às vezes oblíquo, passou a matar aqueles que o desprezaram. O mês ainda não chegara ao fim, e já haviam sido enterrados 16 corpos.

Fiquei apavorado. Sou um dos convidados faltantes. Como não tenho força e habilidade para enfrentá-lo, procurei o sábio mitólogo Álvaro Prudêncio, que, sem pedir nada em troca, ensinou:

— Compre um espelho. De preferência do tamanho de Glênio. Use-o como escudo. Aguarde e saberás.

Atendi à recomendação. Ando pelas ruas, apertando contra o peito, com os dois braços, o espelho recém-adquirido.

Ao cruzar a Avenida Hermann Kafka, senti passos autoritários atrás de mim, e ouvi, entrecortada, sua voz tonitruante.

— Chegou a tua hora, Jardel.

Preparado para esse momento, virei-me em segundos, com a coragem de guerreiro treinado, e dirigi o espelho diretamente aos seus olhos. Ele caiu com a cara no chão, desmanchando-se, aos poucos, como velho tecido em decomposição.

Recebo cumprimentos diários, como se fosse um herói. Agradeço, mesmo sabendo que, quando menos se espera, ele pode reaparecer, se alguém quebrar o espelho embaçado, escondido como relíquia nos fundos do porão, onde vivo em permanente sobressalto.

Palavra cumprida

Passava da meia-noite quando recebi o telefonema do Comissário Albuquerque, comunicando a prisão de Albertina Zimmermann, que exigia, com insistência, os meus serviços de advogado criminalista.

Disse-lhe que não estava bem de saúde (quase vomitei as tripas após o jantar). Por estar recolhido e abatido, sob os lençóis, seria impossível atendê-la, ainda mais naquela hora da noite. Prometi, se a dor de cabeça passasse, visitá-la no dia seguinte.

Mesmo com a dorzinha desagradável do lado esquerdo da nuca, cedo abandonei a cama, deslocando-me até a Delegacia, disposto a falar com a provável cliente.

Agitada, Albertina, suja como o seu casaco de couro amarrotado, usava peruca roxa, tinha os olhos saltados e sorriu sem graça assim que entrei na cela.

— Bom dia.

— Bom dia. Pretendo contratá-lo.

— Não tenho a mínima ideia do que a Senhora fez. Poderei ajudá-la se me disser a verdade.

— Prefiro que me chame “Tina”.

— Não temos intimidade.

— Queria ficar mais à vontade.

Fiz de conta que não a ouvi. Ela percebeu a indiferença e perguntou:

— Conheces o Tarô?

— Li alguma coisa numa revista. Faz tempo.

— Se não conheces o tarô, terei de contratar outro. Sem conhecê-lo, impossível a defesa.

— Então, contrate.

Quando eu ainda não havia lhe dado as costas, colocou as mãos nos meus ombros e disse com voz firme:

— Posso ensiná-lo.

— E pra quê?

— Para ganhar a causa.

Acabei indo à Cadeia Pública, no final da tarde, durante 30 dias seguidos, para aprender o Tarô e interpretar as cartas, permanecendo, às vezes, à disposição dela até a madrugada.

Não afirmo que de aluno me transformou em Mestre. Contudo, garanto: poucos, atualmente, o conhecem tanto quanto eu. Tenho gravadas na memória todas as figuras dos arcanos maiores e menores do Tarô de Marselha (o preferido). Esforço-me para reler as de outra origem e gosto muito dos desenhos do Tarô Egípcio.

Tina (acabei adotando o apelido) deu-me um abraço apertado, e disse com humor:

— Se quiser abandonar a profissão, não morrerás de fome. Há mais um tarólogo na praça.

Tenho a convicção de que, a esta altura, os leitores querem saber os fatos condutores da prisão.

Eu os relato, com prazer.

Ela havia recebido, em seu consultório, com hora marcada, o astrônomo Sandro Angarano, enviado pelo Presidente (recém-eleito) da Academia de Ciências de Roma, que, soberbo, afirmava não acreditar nas Cartas do Tarô. Viera da Itália com a finalidade de desafiá-la e colher dados para desmoralizar os seus jogadores, apontados como charlatães.

Tina não respondeu. Pediu a ele que sentasse. Pegou o maço de cartas, pôs sobre a mesa, e falou com irritação contida:

— Retire a primeira carta. Com precisão direi seu futuro.

Sandro Angarano riu. Tranquilo, puxou uma Carta. Era a 13ª do Tarô, cuja figura é representada por uma criatura com foice nas mãos.

— Seu destino está traçado. Veio ao meu país atraído pela morte. Anote: no dia 13 de abril de 2020, às 18 horas, será assassinado com uma navalhada no pescoço. Transmita a novidade aos seus amigos.

O astrônomo saiu às gargalhadas, gingando o corpo como se fosse desengonçado dançarino.

Retornou ao consultório no ano, dia e hora indicados, com ar de profundo desprezo. Sentou-se, sem pedir licença, na mesma cadeira do ano passado.

— Que vergonha! Aqui estou, vivíssimo. Viajarei em seguida. Mandarei aos jornais as fotos da cartomante mentirosa. Não enganará mais ninguém!

Tina me afirmou, e acreditei, que não pôde resistir à tamanha afronta. Tirou a navalha da bolsa e cumpriu sua palavra.

Foi condenada. Não convenci os jurados ignorantes. Pouco importa. Sabíamos que a nossa paixão estava escrita. Escrita nas Cartas que nós não tínhamos necessidade de jogar.

Meninos

Sob a liderança de Lúcio, reuniram-se doze meninos no engenho abandonado. O dia mal havia se anunciado, e alguns deles ainda tinham cara de sono.

— Sabem o motivo do encontro. Se não formos rápidos, o pedófilo continuará agindo.

Silêncio.

O líder, sentado num velho baú, colocado sobre restos de farinha, lembrou o que havia acontecido com cada um deles.

— Não admito que fiquem aí, parados, olhando para mim como idiotas.

O silêncio foi quebrado pelos murmúrios. Leandro, o menor deles, resolveu falar.

— Será que nós não podemos fazer nada, além de, escondidos, chorar em casa sob os lençóis?

Virgílio criou coragem.

— Nossos pais foram avisados. E daí? Dizem que somos os responsáveis.

Insatisfeito, Lúcio ponderou.

— Se ninguém toma providência, cabe a nós castigá-lo.

Os outros meninos passaram a falar de modo confuso. O líder impôs o rumo da conversa.

— Carlos, o que devemos fazer?

— Dar uma surra.

Jonas:

— Um abaixo-assinado.

Gino:

— Denúncia na internet.

Apolônio:

— Avisar a família dele.

Lupércio:

— Procurar o Padre Geremias.

Diogo:

— Cartas anônimas embaixo das portas.

Gino:

— Bater nos filhos dele.

Átila:

— Comprar um alto-falante.

Alfeu:

— Fugir.

Cláudio:

— Rezar.

Sílvio:

— Castrá-lo!

Lúcio não se conteve.

— Estão errados.

Novo silêncio.

— É simples. Devemos matá-lo.

— Isso é crime!, gritaram numa única voz.

— Crime se paga com crime. A ideia é triturá-lo num liquidificador.

— Lúcio (disse Virgílio), não existe, no mercado, liquidificador do tamanho dele.

— Falei com o Dr. Radünz, professor de meu irmão na Faculdade de Engenharia, para nos ajudar a construí-lo. O coitado pensa que o liquidificador será usado, na Festa de Natal, para distribuir sucos de frutas às crianças da cidade e dos arredores. O problema é que precisamos de muito dinheiro.

— Dinheiro?, somos duros, afirmou Leandro.

— Temos de arranjá-lo de qualquer jeito.

Três meses voaram a jato. Voltaram a se reunir no mesmo lugar. Com autoridade, Lúcio determinou;

— Se não alugássemos o caminhão, seria impossível trazer o liquidificador. O passo seguinte é sequestrar o pedófilo.

Sequestrá-lo foi mais fácil do que imaginaram. Pegaram-no, ao sair de casa, colocando um capuz sobre a cabeça. O complicado foi conduzi-lo ao engenho.

Retiraram o capuz.

Ao ver os meninos, estremeceu. Curioso, perguntou.

— O que é isto?

— Um liquidificador.

— Liquidificador?

— Serve para transformá-lo em puro sangue, misturado com as águas do Rio onde nem sua lembrança permanecerá.

— Estão brincando.

— Com a morte não se brinca.

Bastou um gesto. Alegres, os meninos amarraram e jogaram a criatura dentro da enorme máquina de vidro quase fosco. Lúcio, sem hesitar, exigiu que ligassem o rádio no volume mais alto possível.

Meu sobrinho, Lúcio, rindo, disse que a música tocada era a quinta sinfonia de Ludwig van Beethoven.

Como os olhos da noite

Lendo, na biblioteca de Felipe Talbot, amigo recente, conceituada obra de Robert Ambelain, cuja capa é um homem-morcego de asas abertas, fiquei impressionado com vários relatos sobre a possibilidade de as pessoas ficarem em dois lugares ao mesmo tempo. Foi quando tomei conhecimento que Simão, o Mago, e Apolônio de Tiana, o sábio, célebres no mundo antigo, eram seres ubíquos.

Encantaram-me, no curso dessa leitura, sobretudo os seguintes episódios, os quais resumo com fidelidade:

(1) Prestantius (história contada por Santo Agostinho, na *Cidade de Deus*), caindo em sono profundo, por ter comido queijo envenenado, informou, ao acordar, sua metamorfose em cavalo condutor de provisões aos soldados, acampados num posto avançado;

(2) O Papa São Clemente XIV, durante a celebração da missa, na Catedral vaticana, entrou em letargia. Enquanto esteve nesse estado, deslocou-se até Pisa, com a finalidade de consagrar um altar ao apóstolo São Pedro;

(3) O bideslocamento de Santo Afonso de Liguori, que, encontrando-se na diocese de Arienzo, permaneceu em êxtase, durante duas horas, tendo, ao abrir os olhos, transmitido aos fiéis a morte do Papa Clemente, quando o acompanhava em Roma;

(4) A dupla existência do Bispo Francisco Xavier, canonizado como Santo, que, sem sair de seu camarote, no navio, em 1571, salvou, com rezas, a tripulação de uma chalupa, assustada por uma violenta tempestade, na escuridão do mar;

(5) Os sucessivos transportes astrais (ocorridos mais de cem vezes) da irmã Maria de Jesus, aos desertos do Novo México, para catequizar e converter os índios na língua deles;

(6) As bilocações de Santa Columba de Rieti, julgada morta, para visitar os campos sagrados de Jerusalém;

(7) O atravessamento (ida e volta) do espectro da Bruxa Jane Brook (condenada à fogueira em 1658) pelas paredes, na época em que perturbou com toques (dedos) o pequeno Richard, filho de Henri Jones;

(8) A represália da mendiga Juliane Cox, que, mal acolhida por uma criada, perseguiu-a sem sair de seu casebre, sendo impedida de prejudicá-la quando seu duplo foi ferido por uma faca;

(9) O caso do moleiro Bigot, que se transformou em lobisomem (ou um cão) e foi ferido no olho pela própria mulher (ela desconhecia a metamorfose do marido), cegando-o enquanto dormia;

(10) A visível permanência de Marton, jovem londrino, que, simultaneamente, em duas habitações, foi flagrado pelo seu patrão, ora em pé, no escritório (embaixo), ora sentado, na sala de jantar (em cima);

(11) Os constantes desdobramentos da professora Emilie Sagée, entre 1845 e 1846. Notável é o que aconteceu com Antoniette de Wirangel. Quando estava na toilette, percebeu, ao olhar para o espelho, duas Emilie, por trás, apertando-lhe o vestido;

(12) A estranha inscrição feita por um passageiro, na ardósia de um barco, para que o imediato escocês Robert Bruce navegasse em direção a noroeste. O passageiro (não saiu da embarcação), visto por ele, cuja letra foi confirmada, havia se deslocado para pedir socorro e salvar seus companheiros a bordo;

(13) A dupla aparição do pai do Barão de Sulza, camarista do Rei Carlos XIII da Suécia, preocupado com o perigo do afogamento de seu filho na pesca de caranguejos, no rio;

(14) A visão que o católico alemão, Padre Steinmetz, teve de seu próprio fantasma, sentado no jardim, onde gostava de ocupar-se;

(15) A aventura de Ugema Uzago, chefe da tribo dos Jabiku, que, metamorfoseado em serpente negra, o seu duplo, atendeu a um missionário amigo, transportando-se ao longínquo planalto de Yemvi para pedir-lhe um favor: a vinda de Usaba, arrematante de impostos, a fim de trazer-lhe cartuchos de espingarda de caça, deixados dentro de uma caixinha de ferro.

Poderia ainda resumir outras narrativas. Contenho-me e digo a razão. Estou convencido de que a de Felipe Talbot é muito mais extraordinária (queria dizer terrível) do que as quinze relacionadas, até porque ele é o protagonista. Vou contá-la, começando pelo que ele me transmitiu:

— Meu caro, li o livro de Ambelain. Devo dizer-lhe que, para mim, não trouxe novidade alguma. Desde os nove anos de idade, quando minha mãe morreu, eu me desloco sem dificuldades.

— Inventar não vale.

Dando a mínima ao que eu disse, de modo petulante continuou, monocórdico:

— Todos os personagens por ele descritos revelam duplo fenômeno. Sou mais desdobrável. Às vezes, e não são poucas, desdobro-me em três, quatro ou cinco entidades, dependendo do dia ou da noite. Faço isso sempre com frequência.

— Não acredito.

— Quer ver para crer? Darei uma prova, caso se comprometa a escrever sobre o que digo e faço.

Para excitar sua crescente fantasia, concordei. Ainda em pé, girou o rosto em minha direção.

— Confira no relógio, são 22 horas do dia 1º de julho de 2009. Descansarei duas horas neste sofá. Voltarei para informar o que aconteceu.

Resolvi entrar na brincadeira. Sentei-me, à espera. Passado o tempo marcado, remexeu-se, esfregou os olhos, levantou-se com aparente desconforto, e, sem que eu perguntasse, passou a falar sem interrupção.

— Às 22:30 matei, com certeira flecha no pescoço, o pescador de golfinhos que, na Praia do Rosa, em Imbituba, Sul de Santa Catarina, esfolava o lombo de um deles com arpões. Às 23 horas matei, no polo norte, com três facadas no estômago, o caçador que tem por hábito atirar em pinguins indefesos, para comer como iguaria seus filhotes recém-nascidos. E às 23:30 horas matei, em Barcelona, com golpes de karatê, o toureiro Alfonso Saavedra no momento em que, com afiada espada mourisca, feriu o cansado coração de um touro valente.

Quis rir de tamanhos disparates. Contive-me para não ofendê-lo.

— Sei que não acredita. Ligue a televisão. O jornal da meia-noite confirmará.

No horário indicado, com idênticos pormenores, o repórter noticiou as mortes cometidas em três continentes por um justiceiro desconhecido.

Olhei para ele. Mal tive tempo de vê-lo desaparecer. Deixou-me de presente, no meio da sala, o terno, a camisa, a gravata, as meias e os belos sapatos de couro nobre, todos negros como os olhos da noite que jamais esquecerei.

Recordações sobre rodas

CAP. I

Homenagem à intuição

Sou detetive obcecado pelos detalhes, tendo manifestado esta vocação ainda jovem. Lembro-me de, ao seguir meu palpite, dado nos corredores do Colégio, o Delegado de Polícia desvendou um crime considerado insolúvel, prendendo o seu autor no dia que em fugia da cidade às pressas.

Intuitivo, desprezo testes de laboratório e as provas ditas científicas. Rendo-me, no entanto, ao universo da Cultura, de raiz histórica e principalmente literária, pois, com frequência, fornece os elementos necessários à descoberta de criminosos de todo gênero.

Por que, neste domingo de Páscoa, continuo amarrado nas teias do passado? Porque, nesta móvel cadeira de paralítico indignado, sobram as lembranças de muitas glórias. Salva-me a memória afiada, esta que permite contar, em resumo, a história de um famoso, inteligente e culto *serial killer*.

CAP. II

Orelha

Numa quarta-feira, em 30 de março de 1983, às 9 horas da manhã, foi encontrado pelo contabilista Ingo Hartmann, sob a ponte do Rio Benedito, o corpo do forasteiro Nuno de Alencar.

Em razão de outros compromissos assumidos, cheguei no local à tarde, desculpando-me pelo atraso involuntário.

Vi a faca enterrada no coração. Entretanto o que de imediato me chamou atenção foi o fato de ter sido cortada a orelha direita, e desenhadas as letras VG na testa da vítima.

CAP. III

Olho

No ano seguinte, no mesmo dia, hora, mês e lugar, duas meninas, que brincavam perto do açude, saíram gritando ao ver um homem nu deitado sobre a grama.

O alvoroço atraiu os vizinhos excitados e os pais das crianças, todos com a ideia de linchar o indecente. Tomados de surpresa, verificaram que ele estava morto.

Novamente fui convocado para descobrir o responsável pelo assassinato. Chamaram-me, suponho, porque, a exemplo do ano anterior, havia uma faca enfiada no coração.

Limitei-me a fazer no caderno (sempre o trago nesses casos) esta breve anotação: olho direito furado e, sobre a testa, talhadas as letras LC.

CAP. IV

Muleta

Já estava desistindo da busca do criminoso, e olha que não sou de desistir dos desafios, quando, hoje, 30 de março de 1985, repetiu-se a cena do ano passado.

Não preciso dizer que corri, quase aos tropeços, tamanha era minha ansiedade, até o espaço onde o novo corpo fora jogado.

A repetência da faca no coração não mais me impressionou. Queria saber quais seriam as letras escolhidas e a outra parte do corpo do infeliz em que foram gravadas.

Fascinado, percebi a perna direita amputada e as letras AR esculpidas em cima das sobrancelhas com invejável perfeição. Ao lado, muleta usada e suja de areia.

O erro do assassino (seria provocação, cansaço ou sinal de que preferia se entregar?) foi colocar a muleta encostada no corpo, sabendo, por certo, há tempo, que, além de detetive, sou escritor e apaixonado por biografias.

CAP. V

A solução

Para os amantes das artes visuais e da literatura, tenho certeza de que estou dizendo o óbvio. Como nem todos os leitores possuem o necessário conhecimento (peço humilde perdão se exagero, antecipando eventual ignorância), explico os métodos da descoberta.

Fiz um inventário minucioso dos habitantes do município que têm o perfil por mim descrito no relatório endereçado ao Diretor do Departamento. Desprezando o cansaço, visitei um por um nas residências, escritórios ou consultórios onde trabalhavam.

Levei um mês exato para concluir a missão, e na última visita, realizada na casa do tenista aposentado Bremmer Kurz, finalmente, no meio da conversa, tive um insight e descobri o responsável pelo tríplice homicídio.

Quando nela entrei, desde logo notei, colocada na única parede de cor amarela, a reprodução do autorretrato do pintor holandês Vincent van Gogh (VG). Aquela da faixa branca na cabeça cobrindo a orelha direita, decepada por ele, com navalha, e entregue a uma prostituta, na trágica noite em que brigou com o artista Paul Gauguin.

Dei alguns passos, olhando em várias direções. Parei, assim que reconheci, sobre a mesa da sala, um do lado do outro, dois livros memoráveis.

O primeiro, uma edição luxuosa de *Os Lusíadas*, de Luís de Camões (LC), célebre poeta português, que, na batalha de Alcácer-Quibir (1578), comandada pelo El-rei Dom Sebastião, no norte de Marrocos, perdeu o olho direito quando se preparava para acionar um canhão.

O segundo era a edição popular de *Uma Temporada no Inferno*, de autoria de Arthur Rimbaud (AR), jovem vagabundo e alucinado poeta francês, que, ao abandonar a poesia, em Paris, fugiu para Abissínia, onde, transformado em traficante de armas e ouro, teve, ao retornar, de amputar a cancerosa perna direita, e usar um encosto adaptado à axila.

Nem precisei dar voz de prisão. O bibliotecário idoso, cego de um olho, a orelha direita enfaixada, segurando com firmeza a muleta de excelente qualidade, veio ao meu encontro. Aparentou cansaço, e disse com voz rouca:

— Estava à sua espera. Lamento que tenha demorado tanto tempo para encontrar a caverna deste doente lobo solitário.

O colecionador

Alfred Westruph era um esgrimista vitorioso antes de converter-se no maior colecionador de obras falsificadas.

Quando o conheci, no verão retrasado, em Berlim, no Banco de uma praça, ele me informou, sem preocupação alguma, a origem dessa obsessão, nascida em Amsterdam, no Rijkmuseum, no dia em que ficou encantado diante da pintura *Mulher de Azul Lendo uma Carta* (usando saia-balão), de autoria de Jan Vermeer de Delft. A mulher seria a esposa do artista, grávida. Segundo os entendidos, a verdadeira identidade ainda não foi descoberta. Disse-me que havia contratado, com o objetivo de furtar a obra, um ladrão especializado em artes plásticas. Infelizmente, o ladrão não teve sucesso. Foi preso pelo Segurança, dentro do Museu, num sábado, de madrugada, com a tela escondida na enorme pasta adaptada para esse fim.

Sem condições de ficar com a obra original, resolveu contratar conceituado falsário para copiá-la à perfeição. Encontrou a pessoa certa. Não tinha a habilidade do holandês Hans van Meegeren ou do chinês Zhang Daqian, considerados os notáveis do gênero no mundo, no entanto até o perito, mais experiente, não pode colocar em dúvida a autenticidade.

Feito o primeiro contato, Ernest Rosenthal (este era o nome do escolhido) falsificou Vermeer, a meu pedido, e replicou vários nus de Amedeo Clemente Modigliani, entre os quais *A Mulher Inclinada*, aquela em que se destacam o triângulo dos pentelhos vermelhos e o belo orifício de sua boceta italiana.

Insaciável, Alfred Westruph encomendou mais trabalhos. Apaixonado, há tempo, pelas pinturas de Henri Rousseau, despreocupado com o custo, a falsificação de *Paisagem com Vacas*, *A Pequena Carroça de Père Junier* e *Negro Atacado por um Jaguar*.

As encomendas, pagas com barras de ouro, continuaram com a habitual frequência. Com visível prazer, informou-me o colecionador que, mesmo tendo o falsário levado só dois meses para concluir os trípticos *O Jardim das Delícias e O Carro de Feno*, de Hyeronimus Bosch, repreendeu-o, com violência, a ponto de ele chorar, aos prantos, no atelier construído sob medida. Claro que Rosenthal não gostou nem um pouco dessa atitude, tanto que se recusou a pintar *Os Girassóis* de Van Gogh e *O Casal Arnolfini* de Jan van Eyck.

De nada adiantou a recusa. Ameaçado, aos gritos, com a imediata delação à polícia, o falsário recuou. E ao recuar, fez uma proposta instigante. Ao invés de pintar as obras de Van Gogh e Eyck, pintaria *Cabeça de Um Homem Sorridente*, de Rembrandt van Rijn.

A proposta foi aceita sem discussão, o que o surpreendeu, pois a obra-prima sugerida para copiar é uma pequena pintura em cobre, sem interesse especial, se comparada com as de outros mestres. Surpresa justificável, já que desconhecia o fascínio do colecionador pelos números 1, 6, 3, 0, compondo o ano da provável fatura daquela maravilhosa criação artística.

O falsário, verdade seja dita, omitiu o fato de ter o original em seu poder, presenteado por um dileto amigo, famoso ladrão que fez sucesso na Europa no final do século XX. Para pôr fim à faina estafante, dedicada com eficiência ao cliente viciado, decidiu desfazer-se da obra de seu pintor preferido.

Desconfiado (a entrega jamais fora tão rápida), o colecionador fez rigorosa pesquisa, nos arquivos de jornais antigos da Biblioteca Pública, e confirmou ter sido enganado. Soube, então, com tristeza, que a tela de Rembrandt não era falsa.

Quando o relato chegou a este momento, perguntei com incontrolável curiosidade:

— Onde está *Cabeça de Um Homem Sorridente*?

O colecionador, mudando o tom da voz, disse sem emoção:

— Devolvi ao Museu onde foi furtada. Matei o falsário traidor com um tiro na boca. E atirei também nos dedos do cretino. Sei, meu caro, que um dia acabarão me localizando. Até lá, sempre que encontro alguém como você, conto com renovado prazer a melhor parte parte dessa história.

Dó, ré, mi, fá, sol, lá, si

Tobias Scarpa era um músico frustrado: jamais obteve sucesso em seus concertos. Em 1995, foi vaiado sete vezes seguidas quando se apresentava no Teatro *Acquaviva*, construído na província cujo nome não me recordo.

Humilhado, abandonou a profissão e resolveu matar sete pianistas em sete países da Europa, no momento do toque de cada uma das sete notas musicais.

Eu soube de tudo por que, sendo Padre, tomei conhecimento do ocorrido no dia em que ele (quinta-feira da semana passada), aos prantos, confessou os crimes sem permitir interrupção.

Teria guardado perpétuo sigilo, mas registro o fato, nestas folhas, sem remorsos, para atender ao pedido dele, perto do suicídio, em minha frente, no confessionário, ao dizer estas palavras:

— Por favor, conte tudo. Quero ter a certeza da descoberta do segredo que me atormenta.

Prometi. Como viveria tranquilo se deixasse de atendê-lo?

Cumprida a promessa, passo a relatá-lo. Com profundo desconforto espiritual, pois é contrário ao juramento que fiz ao ser ordenado.

O primeiro crime ocorreu na Alemanha (Salzsburg). O pianista, no instante em que tocou a nota "dó", caiu sobre o teclado, inerte, com a faca enterrada na jugular.

O segundo, na Holanda (Amsterdam), causou espanto ainda maior. Bastou o toque "ré" para o artista ser enforcado bem no meio do palco, suspenso por uma corda de seda.

O terceiro, na França (Lyon), deu a impressão de morte por infarto. Quando "mi" foi tocada, o criminoso arremessou um dardo venenoso no lado direito do pescoço do músico. Até hoje não se sabe o motivo de ele ter colocado a mão bem perto do coração.

O quarto, na Suíça (Genebra), revelou outra especialidade: um tiro na cabeça ao ser ouvida "fá", com sangue e miolos atingindo a bela cauda do instrumento.

O quinto, na Dinamarca (Oslo), deu margem à perplexidade. Ninguém podia imaginar que uma pedra enorme pudesse ser lançada do teto, sobre o corpo do concertista, no momento de teclar "sol".

O sexto, na Espanha (Sevilha), teve lances cômicos. Engasgou-se ao bater "lá". Os ouvintes desconheciam que ele havia chupado um bom-bom de chocolate, dilatado como balão envenenado ao ser engolido.

O sétimo, na Itália (Florença), considerado o próprio espetáculo, destacou-se devido à simultânea explosão do piano e do pianista quando teclou "si". Uma pequena bomba caseira fez o formidável estrago.

Tobias tinha o dom de desaparecer em meio aos tumultos. Porém, com o passar dos anos, ficou deprimido e decepcionado porque nem o melhor dos detetives desvendou as mortes e seus motivos. É o que penso, diante das circunstâncias.

Lamento se porventura esqueci detalhes mais interessantes ou relevantes.

E pouco importa a minha reconhecida falta de habilidade para escrever. O fundamental é ter cumprido a promessa. E promessa é dívida, como dizia meu avô Alessandro, coletor de impostos e de lugares-comuns.

Depilador de axilas

Há depiladores e depiladoras excelentes de ânus, vulvas, virilhas, peitos e outros lugares com pelos de tamanhos diversos. Entre os mais experientes, um deles me impressionou. Trata-se do já famoso *Depilador de Axilas*.

Eu deveria ter contado a história no início deste mês, no seminário realizado sobre fetiches atípicos, organizado pela Associação Germânica de Psicanalistas. Cheguei tarde e não pude proferir a palestra. Perdi, por negligência, a rara oportunidade de encantar meus colegas.

Na volta da viagem, preferi contá-la a pessoas sem preparo científico, certo de que compreenderão o comportamento dele do mesmo modo como eu o compreendo.

Morgenstern, funcionário público exemplar, alto, gordo, bochechudo, a perna esquerda mais curta do que a direta, é conhecido nas rodas íntimas como exímio jogador de dominó, xadrez e pôquer.

Seus amigos foram tomados de surpresa quando, na noite de quinta-feira, ele foi preso em flagrante na casa da modelo Rafaela Schüster, com a navalha na mão, prestes a raspar os pelos das axilas da moça que se encontrava amarrada numa cadeira de palha.

A prisão ocorreu por ter causado feridas (leves, convém ressaltar) nos pulsos e nos tornozelos dela e não porquê os havia raspado. O flagrante foi importante para impedir novas lesões, criadoras de sérios problemas psíquicos. Trinta e nove mulheres já estavam em tratamento, em minha clínica, entre as quais doze em idade avançada.

Assim agiu por mais de duas décadas e ninguém, na cidade e nos municípios vizinhos, podia imaginar ser ele o responsável. Talvez porque jamais houve queixas de estupros ou atentados ao pudor.

Recolhido, manteve-se em silêncio. Preocupado, o Comissário Ivo Gessner e 3 policiais foram à sua casa de enxaimel, localizada na Tifa-Colley, na expectativa de encontrar alguma prova. Como não conseguiram arrombar as portas — tanto a da frente, quanto a de trás — resolveram entrar pelas janelas dos lados.

O espanto foi enorme ao descobrir a razão da dificuldade do arrombamento. Havia montanhas de pelos (negros, brancos, ruivos, marrons, grisalhos) em quase todas as dependências.

No quarto da empregada, por não ser habitado, os cabelos chegavam ao teto. Limpa, apenas a suíte.

O enigma permanece: na parede em cima da cama, ao lado do espelho de moldura barroca, fora colocada uma fotografia imensa, encaixada dentro de dois vidros justapostos, cuja imagem era de femininos fartos pelos.

Um dos policiais, meu primo-irmão por parte de pai, contou o episódio dando gargalhadas. Não achei graça. Tomado pela raiva e com a ajuda de Dietmar Kürz o expulsei do bar, onde, à noite, bebia em companhia de prostitutas respeitosas.

Penalizado, e ciente de que o insólito comportamento devia ter alguma explicação plausível, fui à Delegacia e pedi licença ao Delegado para conversar com o preso. Não permitiu, apesar da insistência. Tive que contratar advogado para soltá-lo. Proeza difícil, o clamor popular influiu no retardamento da soltura.

Por eu ter intercedido em seu favor, possibilitando-lhe a defesa em liberdade, a empatia surgiu de forma natural, tanto que ele, pernóstico, se antecipou, utilizando palavras sob medida:

— Algo maior impulsionou sua aparente generosidade. A origem de meu fetiche.

Percebi que retrucar não seria o melhor caminho. Por isso, opiniei:

— É verdade.

— Já que fui descoberto, satisfaço sua curiosidade.

Como se recitasse um monólogo, falou sem parar durante hora e meia. A fim de não cansar o leitor, tentarei resumir.

Desde criança era apaixonado pela mãe, a bailarina Frida Hauser (amante do dono da boate onde trabalhava), que tinha o hábito de não se depilar. Andava nua, em casa, e ele, excitado, acompanhava os seus movimentos, fixando os olhos nos pelos das axilas para não ver os volumosos pentelhos entre as pernas.

Quando completou a maioridade, envergonhado pelo desejo de possuí-la, abandonou-a e foi morar numa pensão próxima.

Sabia muito bem a razão das insônias: os pelos do sovaco da mãe perturbavam-lhe o sono. Para tirá-los da mente, comprou a navalha, o creme de barbear e os cordões. Passou a sair à noite. Não quer mal às mulheres. Jamais as desrespeitou. A única finalidade da raspagem é a de poder dormir em paz.

A dentadas

Não gosto de revelar, oralmente, ou por escrito, o que ocorre na Delegacia onde trabalho. Primeiro, porque vale o que consta nos autos dos inquéritos. Segundo, porque é forte o receio de a imaginação interferir na realidade.

Hoje, abri uma exceção, pois as notícias veiculadas nos jornais da cidade, relativas aos dos pênis arrancados a dentadas, não registraram os detalhes mais importantes. História pela metade não agrada àqueles que, como eu, são obcecados pela verdade. Daí o relato que suponho ser completo.

Durante seis meses, sempre no plantão das sextas-feiras, por volta das 22 horas, vindo do Hospital Santa Bárbara, chegava ao meu gabinete, conduzido pelo Comissário Gabriel, um queixoso que pretendia, com as mãos entre as pernas, fazer Boletim de Ocorrência.

O problema é que, ao repetir a mesma ladainha dos outros castrados, ele desconhecia a autora do ataque, lembrando-se apenas da roupa azul e dos cabelos ruivos. Ah, informou, ainda, que parecia uma boneca de tão linda.

Intrigado com a falta de informações precisas, decidi que o melhor seria eu mesmo apurar esses fatos.

Tereza, psicanalista e minha amante há vários anos, sem que eu pedisse, demonstrou interesse em ajudar:

— O caso exige profunda pesquisa. Ao que tudo indica, a castradora tem poder ancestral.

Pesquisei e nada encontrei que levasse à solução do mistério. Vendo meu desespero, Rudolf, jovem investigador recém-nomeado, estudante de Antropologia e Cinema, pediu para colaborar. Consenti.

Na semana seguinte, não me lembro se pela manhã ou à tarde, ele, sem se anunciar, entrou na minha sala. Eufórico, colocou sobre a mesa um livro de grossa lombada e perguntou:

— Conhece *As Máscaras de Deus*, de Joseph Campbell? Foi recomendado por Cláudio Willer, meu professor. Nele encontrará a resposta.

Hesitei um pouco, pegando-o com curiosidade. Dei rápida olhada no índice, abri a pasta de couro e o enfiei sem dizer obrigado, envolvido pela ansiedade.

Nervoso, comecei a leitura. Ao atingir a página 71 topei com a expressão "vagina dentada". Era, no antiquíssimo folclore, inclusive entre os índios apaches jicarillas do Novo México, conhecida como a vagina que castra.

Refleti e concluí que não tem sentido o retorno do mito da vagina dentada, reencarnado numa ruiva sedutora. Puro delírio!

Decepcionado, sem comentários devolvi o livro.

Três dias se passaram. Rudolf não sossegou. Ao me encontrar no corredor, disse com o nariz empinado:

— Já sei. A mulher é uma pompoarista moderna.

— Pompoarista? Que diabo é isso?

— O Senhor não assistiu ao documentário Chinês *Os últimos Tabus*, em que aparece uma mulher fumando pela vagina? Ou o filme japonês *O Império dos Sentidos*, mostrando a introdução de um ovo cozido na pomba? Ou, ainda, *A Rainha do Deserto*, que por ela dispara balas de pingue-pongue?

— Não vejo filmes nojentos.

— Deveria, Chefe. Aprende-se muito com as coisas fora do normal. Pompoarista vem de pompoar, a contração voluntária dos músculos cincunvaginais para maior obtenção do prazer sexual.

— E daí?

— Daí que, se ela for presa, saberemos tudo.

— Alguma ideia?

— Intimar todos os castrados. Basta um ponto em comum. Pode ser a chave.

— Providencie as intimações!

Eles foram colocados em cadeiras, formando um círculo. Fiquei no centro para facilitar o interrogatório.

Rudolf estava certo. Havia, sim, um ponto convergente: os pênis não foram decepados no primeiro encontro. As lesões ocorreram na terceira ou na quarta vez. Antes, acredito, ela estava treinando os músculos vaginais para o ataque no momento apropriado.

No entanto, constatou-se que os cortes profundos não resultavam de simples contrações de músculos. Outra era a explicação. Aterrorizados, os infelizes gritavam ao mesmo tempo:

— Dentes!, os músculos têm dentes!

Perplexo, disse não acreditar nessa loucura. Mandei-os embora, agradecendo a presença com um sorriso forçado. É que, de imediato, emergiu a lembrança da passagem do livro desprezado.

Há tempo a ruiva não agia. Achá-la seria admitir a existência de milagres. Pensava nunca mais tratar do caso até o dia em que me localizaram, dentro do cinema, para avisar a ocorrência de um novo ataque.

Abandonei o filme, nervoso, na certeza de que, desta vez, apanharíamos a piranha. Encontrei a vítima, perto do meu gabinente, sentada no banco de madeira, com um embrulho sobre os joelhos.

Ansioso, o homem não esperou que eu dissesse alguma coisa.

— Foi por muito pouco. Trouxe-lhe este presente.

— Obrigado. O que aconteceu?

— Quase fui castrado. Explico como escapei. Ela, no início da tarde, me conduziu ao quarto. Deitei-a na cama, perto da janela. Quando abriu as pernas (o sol batia de frente), notei um aparelho branco (lembra porcelana) na vagina. Resolvi parar. Fiquei mais alerta quando insistia para possuí-la. Havia lido as notícias sobre as castrações. Peguei o isqueiro-imã, que se encontrava no criado-mudo, ao lado da carteira. Encostei-o com habilidade entre as coxas. Para minha surpresa, ao puxá-lo, atraiu pequena dentadura, de cheiro desagradável.

— Onde está a mulher?

— Não sei. Ao ver a dentadura na minha mão, grunhiu "*muffett, i´muffett*", saltou da cama como um felino, pôs a roupa em segundos e saiu, de quatro, correndo aos saltos. Olhei-a pela persiana, desaparecendo na multidão.

Tomei o depoimento e pedi que se retirasse. Chamei Rudolf, batendo com força na campainha. Reconheci que o meu subordinado merecia uma satisfação.

— Concordo. Ela é pompoarista. Pompoarista culta. Deve ter grande conhecimento de mitologia primitiva, adaptando-a aos costumes modernos. Talvez seja descendente direta de povos muito antigos.

— O que é isso?

— Uma dentadura.

— Dentadura?

— Uma relíquia. É sua. Será útil, no futuro, e fará inveja aos melhores detetives.

Não se fez de rogado. Em silêncio, pinçou-a com as pontas dos dedos e a pôs no bolso traseiro da calça jeans, marchando rumo à porta.

— Rudolf?

Virou a cabeça, na expectativa de ouvir um elogio.

— Não esqueça de limpá-la bem.

Fez um sinal obsceno, com a mão direita, e abandonou a sala, sorrindo, como se soubesse de tudo desde o começo.

Lembranças

Quem passa por fora não tem a mínima ideia do que ocorre nas dependências do Circo. Acreditávamos que, com o falecimento de Roland Spider, o proprietário, a realidade viesse à tona, pois sempre demonstrou o desejo de revelar, quando terminasse sua passagem na terra, o lado oculto do mundo criado por ele e a distribuição de seus incontáveis bens. Esse desejo, manifestado oralmente, também consta do testamento deixado aos artistas sob os cuidados de seu neto Ferdinando Lancaster, famoso Soprador de Facas Volantes.

Assim que o enterro foi realizado, atrás da Capela Vaticana, todos em círculo, ficaram aguardando a leitura das revelações. Entretanto, o parente rasgou e queimou a longa carta, impondo-lhes absoluto silêncio.

Houve revolta geral contra a autoritária decisão, a ponto de a cigana Rapalina, sua amante indignada, enfrentá-lo com três serpentes venenosas em cada mão. Bastou ao infiel fazer um simples movimento dos olhos para jogá-las nos potes de aguardente. No momento, ninguém mais se atreveu a atacá-lo. Conheciam sua força e maldade.

Os espetáculos continuaram, sem descanso, durante trinta anos, em vários lugares, com os artistas atrelados às coleiras, como se fossem escravos.

Sendo eu o leão preferido do domador Thomas Princhon, formamos uma dupla muito respeitada, exercendo liderança sobre os demais. Minha voz grossa ajudou na tarefa de convencê-los a matar o novo dono.

Surgiu a dúvida. Como e o que fazer para, ao mesmo tempo, acabar com ele e o nosso sofrimento?

O Domador de Leões deu uma excelente sugestão. Deveríamos indicar o modo e a forma de eliminá-lo. Seria escolhido aquele que, devido à sua natural habilidade, apresentasse o melhor método.

A Giganta Barbada foi a primeira voluntária. Registrou, com forte sotaque, que faz a barba de quase todos os companheiros, há décadas, e nem o Diabo a supera no manejo da navalha. Pretende degolá-lo, com um só golpe, enquanto dorme.

O Espremedor Irlandês de Furúnculos, inquieto contorcionista de pernas amputadas, apressou-se a informar que, por ter dedos fortes e treinados, pode estrangulá-lo, ou quebrar-lhe o pescoço no instante de qualquer distração.

A Neta da Princesa Libuse, ainda inconsolável com o desaparecimento da avó tcheca, afirmou que nenhum homem resiste ao remédio por ela inventado para precipitar diarreia. Por isso, faz questão de desidratá-lo, até definhar, pingando algumas gotas no café da manhã.

A Cartomante Lindaura, viciada anã jogadora de cartas (abandonou o Tarô de Marselha no dia da fracassada ressurreição de Aleister Crowley, para adotar o deste mago inglês), feitas com pele de jaguar, garantiu que, usando refinada hipnose, conduzirá a vítima a um duelo mortal.

Pirilampo Caga-Fogo, tímido por conveniência, esperto o suficiente para, com palavras incandescentes, fazer algo fora do comum, disse o que já se sabia: na fase noturna da flatulência diária do desafeto, incendiará o seu quarto, queimando-lhe até a alma.

O Engolidor de Polvos, o mais exímio dos engolidores em atividade, considerado pelos especialistas do ramo o maior estômago do planeta, hesitou. Seria medo? Não, tanto que afirmou com arrogância:

— Vomitarei na boca do nojento e somente pararei quando tiver certeza absoluta de que se afogou na imundície.

Os Trigêmeos Tatuadores, dotados de insuperável mau hálito, reuniram-se em círculo, formando uma espécie de paredão. Ágeis, estocaram instrumentos pontiagudos no balão roxo, colocado em cima da lavanderia, sinal de que fariam o mesmo na barriga do cretino.

O criado mudo (não se trata daquela mesinha providencial, ao lado das camas), que há muitos anos o serve e assim é chamado para humilhá-lo, desenhou no ar um coração, para confirmar seu objetivo, fazendo gesto típico de arqueiro confiante.

O Empilhador de Crâneos (atrasado, para não perder o hábito), por ter nascido sem os braços, entrou na roda com um taco de bilhar em cada pé. Em alto e bom som comunicou, com alegria, que os enfiará no herdeiro, empalando-o à maneira de Gilles de Ray.

O Gandula Cobridor de elefantes, que, desde a adolescência, sofre de incontrolável priapismo, comprometeu-se, com os joelhos sobre as tábuas plenas de milho, a estuprá-lo sem piedade até o último suspiro.

O Coletor-mor de Cadáveres recentes, que os junta para o Globo da Vida (onde os mortos são jogados pelas pernas durante a sessão e transformados em seres vivos), não deixou por menos. Cavará uma cova, bem funda, dessas adequadas a homens gordos, e o enterrará de cabeça para baixo no primeiro dia da lua minguante.

A Coruja Ilustrada, egressa da Universidade de Toulouse, onde Giordano Bruno lecionou filosofia, distribuiu uma lista de 333 tipos de assassinatos realizados com sucesso, para demonstrar a desnecessidade dos nossos meios. Discordância unânime. Diante da negativa, optou por dar-lhe um susto, em voo rasante, fazendo-o cair na cisterna central.

O Frade às Avessas, célebre pregador de sermões obscenos, doador de extrema-unções antecipadas e notável praticante de artes marciais, é eminente e afamado pé-frio. Tudo o que pretende converte-se no contrário. Ciente desse dom invertido, obrigou-se, minuto a minuto, a rezar para que o malfeitor viva eternamente.

Sovaco de Ouro, que tem um ninho de pássaros azuis em ambas axilas, e os alimenta com suplementos Omega-8, aposentado por acidente no trabalho de cuidador de viveiros, cuja única virtude é a radical devoção a São Francisco de Assis, sufocará o novo patrão com travesseiros de penas de ganso.

O Domador ouviu com redobrada atenção os depoentes. Cumprimentou-os com reverência (tenho a sensação de que transbordou nos elogios), mas acabou, com a ironia estampada em suas faces, dizendo:

— Não gostei. Tudo é muito complicado, exagerado e complexo. Queria ser convencido por um relato menos fantasioso.

Enquanto os cúmplices discutiam, alguns foram agressivos e o xingaram com palavras de baixíssimo calão, resolvi, na surdina, dar uma volta para procurar o alvo da discórdia. É que ele, tendo ouvido parte da conversa, sem condições de enfrentá-lo, fugiu e se escondeu.

Procurei-o canto por canto. Abri, com as patas dianteiras, os armários dos quartos; passei o rabo peludo entre os gavetões semifechados; olhei para os tetos (na esperança de vê-lo grudado, como o homem-aranha), atrás dos móveis (na expectativa de encontrá-lo agachado) e das cortinas coloridas (certo de surpreendê-lo); arrombei o cofre-caverna (onde um rinoceronte adulto pode se esconder); joguei as três geladeiras tamanho família no chão (o desgraçado dorme em qualquer lugar) e aparei bem os ouvidos (de repente, quem sabe, poderei sentir a respiração dele noutros cômodos).

Prestes a desistir, recordei que, no início da Segunda Guerra Mundial, o dono primitivo, preocupado, determinou aos empregados a construção de um porão de emergência, no subsolo, espécie de bunker para proteger as mulheres e as crianças dos ataques aéreos.

Com extremo cuidado retirei o tapete, no meio da Sala das Armaduras, e com os dentes afiados levantei o tampão de ferro. Lá encontrei o Lancaster, tremendo, com a cueca verde à mostra, o revólver minúsculo (imaginava que usaria as belas lâminas de seu repertório) apontado em minha direção.

— Se der um passo, atiro!

Pulei, veloz, arrancando-lhe a cabeça raspada. Arrastei-a até o local da conspiração, ao lado das estátuas dos trapezistas suicidas. Os debates foram interrompidos na hora.

Com os olhos fixos em mim, o talentoso Domador resumiu:

— Simplicidade e ação. É assim que se pensa e age.

Aplaudiram-me.

O decapitado foi derretido com ácido sulfúrico. Gostaria de contar o que sucedeu no Circo após a sua morte. Todavia, permaneceram apenas vagas lembranças. Com a memória em declínio, na velhice, corro sério risco de esquecer os detalhes fundamentais. Peço, com humildade, que compreendam minha aflição. Não quero, nesta altura da vida, passar por esse constrangimento.

Constrangimentos: breve leitura oulipiana

No prefácio de *A palavra e as coisas*, o filósofo Michel Foucault celebra o humor contido em um texto de Jorge Luis Borges, quando se refere a uma enciclopédia chinesa na qual animais reais e imaginários, lado a lado, compõem lista bastante insólita, e conclui com pergunta que propicia abertura para o debate que marca a diferença entre a linguagem cotidiana e a da literatura propriamente: "onde poderiam eles jamais se encontrar, a não ser na voz imaterial que pronuncia sua enumeração, a não ser na página que a transcreve? Onde poderiam eles se justapor, senão no não-lugar da linguagem?".

Os contos aqui reunidos – sob o título *Hálito de búfala* – por si sós um não-lugar, pois o jogo metonímico da generalização do hálito de quem come queijo de búfala leva o leitor a pensar *a priori* no bafo do próprio bovino – são muito mais do que histórias de crimes insólitos, como anuncia o subtítulo, mas uma aventura de linguagem. As histórias aqui contadas têm um pé na tradição, mas estão situadas nas experiências de linguagem de autores contemporâneos, que vão de Italo Calvino a Gonçalo Tavares.

A exegese da obra de Péricles Prade é tão extensa quanto sua própria produção literária. Esse arsenal crítico e teórico que se construiu com o tempo, na forma de prefácios, posfácios, orelhas, apresentações, resenhas críticas e diversos livros completos que dissertam sobre sua obra, versa, na maior parte das vezes, as questões temáticas com as quais o autor opera. Os temas aludidos vão do ocultismo ao surrealismo, do cabalístico ao fantástico, do não senso à "literatura para iniciados". Estas leituras também parecem levar a um não-lugar, mas não o da linguagem.

Quando se comenta sobre o humor refinado de sua prosa, em particular, não se trata aí de "tema", mas de modos de tratamento, como o faz com o erotismo, a perversão ou as confissões, às vezes inconfessáveis. Se toda obra é aberta, como anunciou Umberto Eco, são mais que legítimas quaisquer leituras, recortes, explanações teóricas, e o que mais um crítico ou leitor vislumbre na fruição de textos literários. Essa abertura polissêmica, porém, não é a que mais me interessa como leitor (já que não me incluo na categoria dos teóricos), mas aquilo que me toca nos olhos e ouvidos, mais do que no mundo das ideias, as quais Mallarmé disse que não servem para a poesia, pois a literatura é feita de palavras. A partir dessa ótica e dessa "escuta", tentarei aqui abordar essa prosa de substrato poético chamada *Hálito de Búfala.*

Péricles Prade engendra formas minuciosas, numa arquitetura original e organicamente traçada em relação a linguagem. Não por acaso, lembremos que o autor também é poeta, e o conhecimento que tem para compor em versos são visíveis na sua prosa; e a segunda se deixa contaminar pela primeira, mais do que o contrário, lembrando Caetano Veloso: "E quem há de dizer que essa lhe é superior?".

Hálito de búfala – da mesma forma como em outros livros de prosa do autor, incluindo sua viagem alucinante e poética da novela *Relatos de um corvo sedutor*, tem as características dos seus livros em versos, quais sejam: a brevidade, o minimalismo e a metalinguagem (próprios do modernismo), o ritmo e a musicalidade sempre bem mensurada e o uso de substantivos concretos, já que toda sua prosa "dá a ver", na acepção cabralina, ainda que não com idêntica dureza lexical.

Se fizermos o exercício visual imaginativo do branco da página e deslocarmos o espaço tradicional da prosa, quebrando-a em versos, encontraremos a autonomia e a musicalidade próprias da arte poética. Dizer o máximo com o mínimo, como escreveu o poeta Ronald Augusto: "um mínimo de retórica para um máximo de significação. Claro que por detrás deste mínimo há um trabalho absurdo, mas o leitor não precisa ser lembrado disso", em alusão às recomendações das lições do poeta Ezra Pound. A prosa de Péricles Prade segue por esse caminho e não usa atalhos, porque ele utiliza tais recursos de forma racional, apesar da temática aparentemente irracional. O desconcertante, portanto, não é o tema, mas a forma como ele trabalha com os temas.

No conto de abertura a taxonomia das poções e beberagens narradas pelo personagem Pierre Legrand garante o tom dessa aventura de linguagem, sempre "dando a ver", criando imagens que referenciam antigos contos de fadas: "Separei pedaços de cérebros de gazela e de lebre para misturá-los com a gordura de cauda de carneiro, derretê-los e ajustá-los na cânfora. Não esquecerei, na figura escavada de cera fresca, de fazer a boca e nela derramar o cozimento".

Porém, mais do que isso, cada frase tem sua musicalidade própria, a ponto de podermos escandi-las como em um poema, ou, ainda, no mesmo conto: "(...) precisaria da poeira das ruas onde ele costuma andar, e agir sobre a sua sombra. A poeira, para lançá-la ao fogo. A sombra, para pisá-la (...)."

Prade não desperdiça tempo do leitor com barroquismos e outros subterfúgios, e por mais que isto possa parecer um modo facilitador, creio que é muito mais difícil operar no mínimo do que na extensão das frases. No conto que dá título ao livro, a primeira frase também é reveladora dessa contravenção da linguagem que o autor articula como narrativa original. Ao invés de introduzir o personagem com características psicológicas, de estilo, figurino ou qualquer outro tipo de narrativa mental, inicia com a frase: "Sou viciado em mozarela". Na construção dos diálogos, a narrativa também é direta, sem subterfúgios. Em outro conto, "Palavra cumprida", os diálogos também são autoexplicativos, sem que se precise de muito para dizer tanto:

– Bom dia.

– Bom dia. Pretendo contratá-lo.

– Não tenho a mínima ideia do que a Senhora fez. Poderei ajudá-la se me disser a verdade.

– Prefiro que me chame "Tina".

– Não temos intimidade.

– Queria ficar mais à vontade. Fiz de conta que não a ouvi. Ela percebeu a indiferença e perguntou:

– Conheces o Tarô?”.

A economia das frases, aliadas ao ritmo constante, constrói essa narrativa que é simples apenas na aparência, como se o autor, ao tratar de um tema insólito, quisesse poupar o leitor de mais um trabalho.

Um dos personagens do conto “Lembranças” dá o tom dessa peculiaridade, o que denota, assim como em outras passagens, o uso da metalinguagem, também de tradição modernista: “Simplicidade e ação, é assim que se pensa e age”. Ou, como em “Depilador de axilas”, quando o narrador avisa: “A fim de não cansar o leitor, tentarei resumir”.

Essa engenharia verbal sonora e semântica prossegue pelo livro todo. Ainda que por vezes não seja tão direto para apresentar um personagem ao leitor, o parágrafo primeiro do conto “Desmanchando-se aos poucos” desvenda em três linhas quase tudo o que precisamos saber daquele de quem se fala: “Glênio Basil, imigrante do Congo Central, não era benquisto no bairro. Bem por isso, forçava simpatia, oferecendo-se para curar feridas antigas, sua especialidade desde a adolescência”.

Nos contos de *Hálito de Búfala*, o narrador está constantemente presente na trama, seja como participante discreto, seja como protagonista. Os nomes dos personagens, como em outras obras do autor, são referências de personagens históricos ou de conhecidos seus (como Claudio Willer, que aparece num dos contos), às vezes juntando o nome de um com o sobrenome de outro. Um livro novo e instigante seria precioso com a análise de todas as figuras, nomes de rua (como Hermann Kafka, que aparece aqui), lugares, cidades e outros toponímios de toda a obra de Prade. Afinal, nenhuma linguagem se permite ver as coisas sem substantivos concretos. E estas coisas, com seus devidos nomes, estão presentes de forma que não há como se perder em abstrações, por mais que muitas vezes o autor sugira ações aparentemente incomuns, do tipo: "(...) tinha nascido de um ovo de galo velho, chocado por rã ou sapa dentro do esterco."

Mas o próprio narrador (novamente a metalinguagem) desconfia da mitologia, apesar de constantemente relevar crenças em todos os contos, não como crente, mas como observador atento das metafísicas, quando escreve logo em seguida: "(...) Mentira da grossa, pois as pessoas cultas sabem que tudo isso é milenária lenda, recontada pelos nossos avós". Ainda sobre a metalinguagem, no conto "Lembranças", um dos personagens, após vários relatos de atores de circo com as ideias mais estranhas de como assassinar alguém, diz: "Queria ser convencido por um relato menos fantasioso". É como se o próprio autor travasse um embate entre sua imaginação infinita contra o real necessário para um relato, aquele da coisa com seu nome, do significante com seu significado, como escreveu Paul Valéry sobre a poesia como sendo a tensão entre o som e o sentido.

Sobre os pontos de vista de quem conta esses contos, encontramos os mais variados. Quase sempre são confessionais, mas tanto o narrador pode ser o homicida quanto a vítima, como em "Tristeza", quando pretende o suicídio e acaba por ser assassinado, criando um dilema moral que causaria um debate jusfilosófico: qual crime comete aquele que mata um suicida? Como em *Memórias Póstuma de Brás Cubas*, de Machado de Assis, devemos lembrar, a história é reportada por um morto, e termina com uma súplica poética, ao mesmo tempo patética e melancólica: "O que mais me deixou triste, digo do fundo do coração, foi o fato de não olharem para trás".

Os personagens-narradores formariam por si uma lista como aquela que chamou a atenção de Foucault, porque se justapõem neste não-lugar da linguagem: um viciado em mozarela; um falido suicida que acaba assassinado; o homem que não queria ser desmanchado; um advogado criminalista mestre em tarô; um tio cujo sobrinho foi vítima de um pedófilo; o relator de casos de ubiquidade; um detetive obcecado por detalhes; o amigo de um colecionador de obras falsificadas; o padre que guarda a confissão de um assassino de musicistas; o membro da Associação Germânica de Psicanalistas; um delegado; um leão.

Outras listas fabulares aparecem, com a mistura de seres reais e imaginários que convivem no não-lugar da linguagem, como a do relato precioso dos sujeitos que tinham o dom da ubiquidade, assim como a dos artistas do circo quase místico, cujo leão é o narrador, salvador e assassino ao mesmo tempo. Esta, em particular, tem o mesmo humor encontrado por Foulcault: o domador de leões; a giganta barbada; o espremedor irlandês de furúnculos; a neta da princesa que prepara remédio para precipitar diarreias, a anã cartomante; o incendiário pirilampo caga-fogo; o engolidor de polvos; os trigêmeos tatuadores; o criado mudo; o empilhador de crânios; o gandula priápico cobridor de elefantes; o coletor-mor de cadáveres recentes; a coruja ilustrada egressa da universidade de Toulouse, o frade às avessas; o sovaco de ouro.

O admirável dessas relações é que aparentemente elas não estão a serviço da história que se pretende contar, no caso, aqui, do leão que mata o herdeiro do circo. Mas a história é que está a serviço da taxonomia, como se sem o relatório tão fantasioso, essa trapaça na língua, como escreveu Roland Barthes, a narrativa não teria a força poética que tem.

Alguns narradores, participantes diretos da trama, na melhor das tradições orais, "ouvem" falar das histórias que contam, e o que impressiona no conjunto é que a diversidade dos pontos de vista narrativos acabam por fabricar a unidade do volume como um todo.

Todas estas características remetem a aproximações a um movimento literário dos mais importantes da metade do século em diante, o Oulipo. Criado na França, nos anos de 1960, reuniu autores de várias nacionalidades e linguagens distintas, como Italo Calvino, Goerges Pérec e Raymond Queneau, entre os mais conhecidos. Afeiçoada à máxima "um rato que constrói seu próprio labirinto de onde se propõe a sair", proposto por dois oulipanos, Marcel Bénabou e Jacques Roubaud, a prosa de Péricles Prade desenha esse labirinto. Além disso, mais do que os deslocamentos aparentemente surrealistas (mas não o são), como mencionei antes, outra premissa do Oulipo, dita pelo próprio grupo, era propor a libertação da literatura, aparentemente de maneira paradoxal, através de constrangimentos (restrições/constrições) literários. E isso se dá pela linguagem, fazendo com que a escolha dos temas seja aleatória, porque os temas é que estão a serviço da linguagem, restrita em sua obra, ao caráter insólito dos crimes.

Essa unidade extremamente arquitetada do conjunto da obra em prosa de Péricles Prade tem todas essas características, além da musicalidade poética já aludida. Em *Espelhos Gêmeos*, as narrativas têm como centro as perversões, o erotismo e as confissões. Em *Relatos de um Corvo Sedutor*, o autor faz uma releitura fascinante do Apocalipse, que tem a Ilha de Santa Catarina como espaço de devaneio escatológico do narrador/corvo, o qual também é um pequeno tratado das perversões, que suscita outro questionamento jusfilosófico: De onde extrair tanta perversidade e violência senão do lugar em que mais se confronta o desejo com as normas?

Nunca é demais lembrar que o autor é também jurista, e tanto na linguagem pragmática e direta quanto nas escolhas dos temas, esse fato acaba não sendo um mero detalhe. Em *Colônia de Sombras*, as narrativas têm como centro toda a leitura que o autor faz dos tratados herméticos pelos quais ele tem fascínio.

Nesta coleção de relatos, os assassinatos são o foco para o autor navegar pela sua linguagem cortante, pragmática, enxuta e poética. O assassinato como proposta de "constrangimento literário" faz lembrar o ensaio de Thomas de Quincey, *Do assassinato como uma das belas artes*, no qual afirma aquilo que percebo neste volume: "Portanto, que nos seja permitido tirar o melhor partido de um mau assunto, e verifiquemos se o podemos aproveitar dessa maneira". Péricles prade, como talvez nenhum outro escritor brasileiro, soube aproveitar de um assunto constrangedor, jogando às favas o pudor, para tirar o melhor partido, o da literatura.

Na mesma linha Max Aub, escritor de origem franco-germânico (residiu a maior parte da vida no México, e o principal de sua produção foi escrito em espanhol), que publicou, pouco antes de sua morte, no começo dos anos de 1970, o livro *Crimes exemplares*, no qual narra, também sob vários pontos de vista, os mais estranhos tipos de homicídios, cuja linguagem, no entanto, tem outro timbre de expressão literária.

Hálito de búfala é um conjunto polissêmico, assim como também toda a prosa sempre poética de Péricles Prade, mas creio que o melhor é se deixar levar pelo prazer do texto, como ensinou Roland Barthes, notadamente quando ele descreve o momento em que fechamos a página para pensar sobre o que acabamos de ler e sorrimos. Por fim, ouvir essa voz imaterial que pronuncia sua enumeração na página que a transcreve.

Fábio Brüggemann